# Chinese

# 有趣的華語課

臺中教育大學◎主編

王　增　光　◎編撰

臺中教育大學華語教學叢書

# 語法詞類表

| | | |
|---|---|---|
| Adj | → | Adjective |
| Neg-Adj | | Negative Adjective |
| Adv | → | Adverb |
| AV | → | Auxiliary Verb |
| BF | → | (Unclassified) Bound Form |
| Conj | → | Conjunction |
| Dem | → | Demonstrative Pronoun |
| Int | → | Interjection |
| IE | → | Idiomatic Expression |
| MW | → | Measure Word |
| MA | → | Movable Adverb |
| N | → | Noun |
| Nu | → | Number |
| O | → | Object |
| Dir.O | → | Direct Object |
| Ind.O | → | Indirect Object |
| P | → | Particle |
| Prep | → | Preposition |
| Pron | → | Pronoun |
| Pt | → | Pattern |
| PW | → | Place Word |
| QW | → | Question Word |
| S | → | Subject |
| TW | → | Time Word |
| V | → | Verb |
| VO | → | Verb Object Compound |

# 作者序

　　敝人寫《有趣的華語課》一書，就是希望讀者能享受學習華語的樂趣。本書分成二部分，第一部分為「華語正音要領」，包含「聲母及韻母發音、四聲調、第三聲變調、一七八不變調、輕聲、兒化韻」。第二部分為「華語生活會話」，包括「打招呼、拜訪朋友、購物、逛夜市、談一談節慶、打電話、送禮物」。文句以簡明為要，為了提高讀者的興趣，又增加兒歌民謠，俚語諺語。敝人並與魏子閎老師為讀者錄製語音光碟。

　　本書內容精確，又可使讀者攜帶方便，節約金錢及時間，在自修或活動中練習正確的華語語音，並了解華人生活及風俗習慣，希望您喜歡它。

　　感謝外子協助電腦技術、魏子閎老師協助錄音；更感謝台中教育大學同意將本書列入「語文教育叢書」，以及五南圖書公司協助出版。

王增光

謹識於 2009/3/23

# 目　錄

Contents

▶ **語法詞類表**
Grammatical Terms

▶ **作者序**

▶ **第一部分：華語正音要領**
Part 1: The Essentials of Chinese Pronunciation Clinic .................. 1

第一單元：聲調、親屬、生活會話、歌曲教唱：兩隻老虎、詞彙
Unit 1: Tones、Relatives、Everyday Chinese、Singing: Two Tigers、
Vocabulary ................................................................. 3

第二單元：第三聲變調、「一、七、八、不」變調、生活會話、歌
曲教唱：三輪車、詞彙
Unit 2: Changing the Third Tone、Changing the Tones of
「一、七、八、不」、Everyday Chinese、Singing: The Pedicab、
Vocabulary ................................................................. 11

第三單元：輕聲、生活會話、歌曲教唱：高山青、詞彙
Unit 3: The Neutral Tone、Everyday Chinese、Singing: Green
Mountain、Vocabulary ................................................. 21

第四單元：兒（儿）化韻、生活會話、歌曲教唱：茉莉花、詞彙
Unit 4: The Retroflex Ending "-r"、Everyday Chinese、
Singing: Jasmine、Vocabulary ....................................... 35

▶ **第二部分：華語生活會話**
Part 2: Everyday Chinese Conversation ........................... 47

第一單元：打招呼、拜訪朋友、詞彙、句法練習、活動、俚語、諺語

Unit 1: Greeting; Visiting Friend、Vocabulary、Syntax Practice、
Activity、Slang and Proverb ................................................. 49

第二單元：購物、逛夜市、詞彙、句法練習、活動、俚語、諺語

Unit 2: Shopping; Taking a Stroll in a Night Market、Vocabulary、
Syntax Practice、Activity、Slang and Proverb ......................... 61

第三單元：談一談節慶、詞彙、句法練習、活動、俚語、諺語

Unit 3: Conversations about Festivals、Vocabulary、Syntax
Practice、Activity、Slang and Proverb .................................... 71

第四單元：打電話、詞彙、句法練習、活動、俚語、諺語

Unit 4: Making a Phone Call、Vocabulary、Syntax Practice、
Activity、Slang and Proverb ................................................. 79

第五單元：送禮物、詞彙、句法練習、活動、俚語、諺語

Unit 5: Giving Present、Vocabulary、Syntax Practice、Activity、
Slang and Proverb .............................................................. 91

| 聲母<br><br>(Initial) | 注音符號 | ㄅ | ㄆ | ㄇ | ㄈ | ㄉ | ㄊ | ㄋ | ㄌ | ㄍ |
|---|---|---|---|---|---|---|---|---|---|---|
| | Hanyu Pinyin | b | p | m | f | d | t | n | l | g |

| 韻母<br><br>(Finals) | 注音符號 | ㄚ | ㄛ | ㄜ | ㄝ | ㄞ | ㄟ | ㄠ | ㄡ | ㄢ | ㄣ |
|---|---|---|---|---|---|---|---|---|---|---|---|
| | Hanyu Pinyin | a | o | e | ê | ai | ei | ao | ou | an | en |
| | 注音符號 | 一ㄚ | 一ㄛ | 一ㄝ | 一ㄞ | 一ㄠ | 一ㄡ | 一ㄢ | 一ㄣ | 一ㄤ | 一ㄥ |
| | Hanyu Pinyin | ya<br>-ia | yo | ye<br>-ie | yai<br>✕ | yao<br>-iao | you<br>-iu | yan<br>-ian | yin<br>-in | yan<br>-ian | ying<br>-ing |

**Tones:** 1st tone — 2nd tone ╱
3rd tone ∨ 4th tone ╲
neutral tone •

| h | j | q | x | zh | ch | sh | r | z | c | s |
|---|---|---|---|----|----|----|----|----|----|----|
| ha | | | | zha | cha | sha | | za | ca | sa |
| | | | | | | | | | | |
| he | | | | zhe | che | she | re | ze | ce | se |
| hai | | | | zhai | chai | shai | | zai | cai | sai |
| hei | | | | zhei | | shei | | zei | | |
| hao | | | | zhao | chao | shao | rao | zao | cao | sao |
| hou | | | | zhou | chou | shou | rou | zou | cou | sou |
| han | | | | zhan | chan | shan | ran | zan | can | san |
| hen | | | | zhen | chen | shen | ren | zen | cen | sen |
| hang | | | | zhang | chang | shang | rang | zang | cang | sang |
| heng | | | | zheng | cheng | sheng | reng | zeng | ceng | seng |
| | | | | zhi | chi | shi | ri | zi | ci | si |
| | ji | qi | xi | | | | | | | |
| | jia | qia | xia | | | | | | | |
| | jie | qie | xie | | | | | | | |
| | jiao | qiao | xiao | | | | | | | |
| | jiu | qiu | xiu | | | | | | | |
| | jian | qian | xian | | | | | | | |
| | jin | qin | xin | | | | | | | |
| | jiang | qiang | xiang | | | | | | | |
| | jing | qing | xing | | | | | | | |
| hu | | | | zhu | chu | shu | ru | zu | cu | su |
| hua | | | | zhua | chua | shua | | | | |
| huo | | | | zhuo | chuo | shuo | ruo | zuo | cuo | suo |
| huai | | | | zhuai | chuai | shuai | | | | |
| hui | | | | zhui | chui | shui | rui | zui | cui | sui |
| huan | | | | zhuan | chuan | shuan | ruan | zuan | cuan | suan |
| hun | | | | zhun | chun | shun | run | zun | cun | sun |
| huang | | | | zhuang | chuang | shuang | | | | |
| hong | | | | zhong | chong | | rong | zong | cong | song |
| | ju | qu | xu | | | | | | | |
| | jue | que | xue | | | | | | | |
| | juan | quan | xuan | | | | | | | |
| | jun | qun | xun | | | | | | | |
| | jiong | qiong | xiong | | | | | | | |

| Initials / Finals | | b | p | m | f | d | t | n | l | g | k |
|---|---|---|---|---|---|---|---|---|---|---|---|
| a | **a** | ba | pa | ma | fa | da | ta | na | la | ga | ka |
| o | **o** | bo | po | mo | fo | | | | | | |
| e | **e** | | | | | de | te | ne | le | ge | ke |
| ai | **ai** | bai | pai | mai | | dai | tai | nai | lai | gai | kai |
| ei | **ei** | bei | pei | mei | fei | dei | | nei | lei | gei | kei |
| ao | **ao** | bao | pao | mao | | dao | tao | nao | lao | gao | kao |
| ou | **ou** | | pou | mou | fou | dou | tou | nou | lou | gou | kou |
| an | **an** | ban | pan | man | fan | dan | tan | nan | lan | gan | kan |
| en | **en** | ben | pen | men | fen | | | nen | | gen | ken |
| ang | **ang** | bang | pang | mang | fang | dang | tang | nang | lang | gang | kang |
| eng | **eng** | beng | peng | meng | feng | deng | teng | neng | leng | geng | keng |
| er | **er** | | | | | | | | | | |
| -i | | | | | | | | | | | |
| i | **yi** | bi | pi | mi | | di | ti | ni | li | | |
| ia | **ya** | | | | | | | | lia | | |
| ie | **ye** | bie | pie | mie | | die | tie | nie | lie | | |
| iai | **yai** | | | | | | | | | | |
| iao | **yao** | biao | piao | miao | | diao | tiao | niao | liao | | |
| iu | **you** | | | miu | | diu | | niu | liu | | |
| ian | **yan** | bian | pian | mian | | dian | tian | nian | lian | | |
| in | **yin** | bin | pin | min | | | | nin | lin | | |
| iang | **yang** | | | | | | | niang | liang | | |
| ing | **ying** | bing | ping | ming | | ding | ting | ning | ling | | |
| u | **wu** | bu | pu | mu | fu | du | tu | nu | lu | gu | ku |
| ua | **wa** | | | | | | | | | gua | kua |
| uo | **wo** | | | | | duo | tuo | nuo | luo | guo | kuo |
| uai | **wai** | | | | | | | | | guai | kuai |
| ui | **wei** | | | | | dui | tui | | | gui | kui |
| uan | **wan** | | | | | duan | tuan | nuan | luan | guan | kua |
| un | **wen** | | | | | dun | tun | | lun | gun | kun |
| uang | **wang** | | | | | | | | | guang | kuar |
| ong | **weng** | | | | | dong | tong | nong | long | gong | kon |
| ü | **yu** | | | | | | | nü | lü | | |
| ue | **yue** | | | | | | | nue | lue | | |
| üan | **yuan** | | | | | | | | | | |
| ün | **yun** | | | | | | | | | | |
| iong | **yong** | | | | | | | | | | |

| ㄎ | ㄏ | ㄐ | ㄑ | ㄒ | ㄓ | ㄔ | ㄕ | ㄖ | ㄗ | ㄘ | ㄙ |
|---|---|---|---|---|---|---|---|---|---|---|---|
| k | h | j | q | x | zh(i) | ch(i) | sh(i) | r(i) | z(i) | c(i) | s(i) |

| ㄤ | ㄥ | ㄦ | ㄧ | ㄨ | ㄩ | | | | | | |
|---|---|---|---|---|---|---|---|---|---|---|---|
| a ng | e ng | er | yi -i | wu -u | yu -u/ü | | | | | | |
| ㄨㄚ | ㄨㄛ | ㄨㄞ | ㄨㄟ | ㄨㄢ | ㄨㄣ | ㄨㄤ | ㄨㄥ | ㄩㄝ | ㄩㄢ | ㄩㄣ | ㄩㄥ |
| wa -ua | wo -uo | wai -uai | wei -ui | wan -uan | wen -un | wang -uang | weng -ong | yue -ue | yuan -üan | yun -ün | yong -iong |

# 第一部分

# 華語正音要領

Dì yī bù fèn :

Huáyǔ zhèngyīn yàolǐng


Part 1:

The Essentials of Chinese Pronunciation Clinic

## TONES

### 聲 調
shēng diào

偷 steal tōu

頭 head tóu

醜 ugly chǒu

臭 stinky/smelly chòu

湯 soup tāng

糖 candy táng

躺 lie tǎng

燙 hot tàng

鞋 shoes xié

血 blood xiě

謝 thank xiè

哭 cry kū

苦 bitter kǔ

酷 cool kù

冰 ice bīng

餅 cakes/biscuits bǐng

病 sick/ill bìng

窗 window chuāng

床 bed chuáng

禿 bald tū

圖 painting tú

土 soil/land tǔ

兔 rabbit tù

RELATIVES

親屬
qīn shǔ

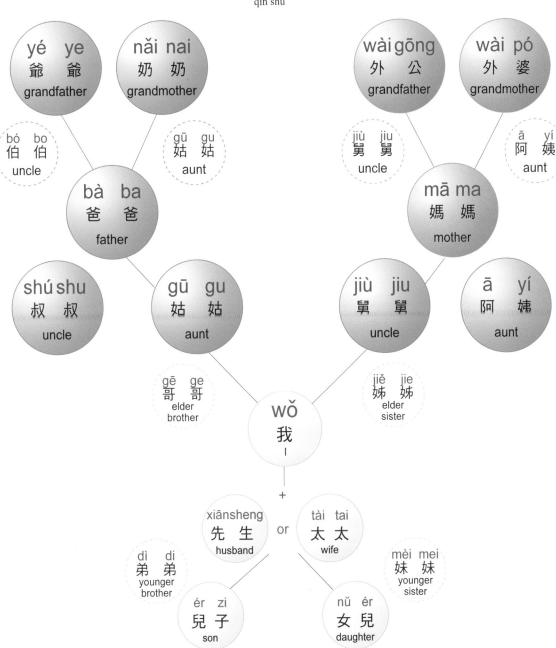

yé ye
爺 爺
grandfather

nǎi nai
奶 奶
grandmother

wài gōng
外 公
grandfather

wài pó
外 婆
grandmother

bó bo
伯 伯
uncle

gū gu
姑 姑
aunt

jiù jiu
舅 舅
uncle

ā yí
阿 姨
aunt

bà ba
爸 爸
father

mā ma
媽 媽
mother

shú shu
叔 叔
uncle

gū gu
姑 姑
aunt

jiù jiu
舅 舅
uncle

ā yí
阿 姨
aunt

gē ge
哥 哥
elder
brother

wǒ
我
I

jiě jie
姊 姊
elder
sister

+

xiānsheng
先 生
husband

or

tài tai
太 太
wife

dì di
弟 弟
younger
brother

mèi mei
妹 妹
younger
sister

ér zi
兒 子
son

nǚ ér
女 兒
daughter

## EVERYDAY CHINESE

# 生 活 會 話
Shēng huó huì huà

**1/**

A：早。

Zǎo

（Good morning.）

B：早。

Zǎo

（Good morning.）

**2/**

A：你 好 嗎？

Ní hǎo ma

（How are you?/How do you do?）

B：你 好 嗎？

Ní hǎo ma

（How are you?/How do you do?）

**3/**

A：多 少 錢。

Duōshǎo qián

（How much is it?）

B：98,764.50 元 （塊）。

yuán(kuài)

（Ninety-eight thousand seven hundred and sixty four dollars and

fifty cents.）

p.s:0.50 元 （塊）＝ 5 角

yuán (kuài) jiǎo

（fifty cents）

**4/**

A：多 少？
Duōshǎo
（What's the number?）

| 1 | 2 | 3 | 4 | 5 | 6 | 7 | 8 |
|---|---|---|---|---|---|---|---|
| 一 | 二 | 三 | 四 | 五 | 六 | 七 | 八 |
| yī | èr | sān | sì | wǔ | lòu | qī | bā |
| one | two | three | four | five | six | seven | eight |

| 9 | 10 | 11 | 20 | 30 |
|---|---|---|---|---|
| 九 | 十 | 十一 | 二十 | 三十 |
| jiǒu | shí | shíyī | èrshí | sānshí |
| nine | ten | eleven | twenty | thirty |

| 100 | 1000 | 10000 |
|---|---|---|
| （一）百 | （一）千 | （一）萬 |
| (yì) bǎi | (yì) qiān | (yí) wàn |
| (one) hundred | (one) thousand | (ten) thousand |

## SINGING

# 歌曲教唱
Gē qǔ jiāo chàng

### Two Tigers
# （兩）1（隻）2（老虎）3
liǎng zhī lǎo hǔ

兩　隻 老 虎 ， 兩　隻　老　虎 ，
Liǎngzhī lǎohǔ　　liǎngzhī lǎohǔ

Two tigers, two tigers,

（跑）4（得）5（快）6， 跑 得 快 。
pǎode　　kuài　　pǎode kuài

Running fast, running fast!

（一）7 隻 （沒 有）8（耳朵）9， 一 隻 沒　有（眼睛）10，
Yìzhī　 méiyǒu　 ěrduo　　yìzhī　 méiyǒu　 yǎnjīng

One doesn't have ears, one doesn't have eyes,

（真）11（奇怪）12！真　奇　怪 ！
Zhēn　 qíguài　 Zhēn　 qíguài

Very strange! Very strange!

## VOCABULARY

詞彙
cíhuì

| | | |
|---|---|---|
| 1.兩 | Nu:two | liǎng |
| 2.隻 | MW:used to describe animals, birds, hands, etc. | zhī |
| 3.老虎 | N:tiger(「老」is a prefix) | lǎohǔ |
| 4.跑 | V:to run | pǎo |
| 5.得 | P:a partical used between a verb or Adj and its complement to indicate manner or degree. | de |
| 6.快 | Adv:fast | kuài |
| 7.一 | Nu:one | yi |
| 8.沒有 | not have | méiyǒu |
| 沒 | Adv:not (have) | méi |
| 有 | V:to have; there is, there are | yǒu |
| 9.耳朵 | N:ear | ěrduo |
| 10.眼睛 | N:eye | yǎnjīng |
| 11.真 | Adv:very, really | zhēn |
| 12.奇怪 | Adj:strange | qíguài |

# 歌曲教唱
Gē qǔ jiāo chàng

 **Singing:**

（兩）（隻）（老虎）
liǎngzhī   lǎohǔ

兩　隻　老　虎　　兩　隻　　老　虎
Liǎngzhī　　lǎohǔ　　liǎngzhī　　lǎohǔ

跑　得　快　　跑　得　　快
pǎode　　kuài　　pǎode　　kuài

一隻　沒有　耳　朵　　一隻　沒有　眼　睛
Yìzhī　méiyǒu　ěrduǒ　　yìzhī　méiyǒu　yǎnjīng

真　奇　怪　　真　奇　怪
Zhēn　　qíguài　　Zhēn　　qíguài

## CHANGING THE THIRD TONE

# 第 三 聲 變 調
Dì sān shēng biàndiào

(1)

| 很 多 | 很 忙 | 很 快 |
|---|---|---|
| hěnduō | hěnmáng | hěnkuài |
| **very much** | **very busy** | **very soon** |

| 喜 歡 | 美 國 | 小 費 |
|---|---|---|
| xǐhuān | měiguó | xiǎofèi |
| **like** | **U.S.A.** | **tip** |

(2) If two syllables in succession use the third tone, the first syllable changes to the second tone and the second syllable keeps the third tone.

「好 久」不 見
「Háojiǒu」bújiàn → 「Háojiǒu」bújiàn
**Long time no see.**

老 虎
lǎohǔ → láohǔ
**tiger**

總 統
zǒngtǒng → zóngtǒng
**president**

水 果
shuǐguǒ → shuíguǒ
**fruit**

小 姐
xiǎojiě → xiáojiě
**Miss / young lady**

手 錶
shǒubiǎo → shóubiǎo
**watch**

(3) If more than two syllables of the third tone are in succession, the tone changes according to the context.

母 老 虎
mǔ lǎohǔ → mǔ láohǔ
**tigress**

炒 米 粉
chǎo mǐfěn → chǎo mífěn
**fried rice flavored noodles**

我 想 你
Wǒ xiǎngnǐ→wǒ xiángnǐ
**I miss you.**

我 等 你
Wǒ děngnǐ→wǒ déngnǐ
**I wait for you.**

水 果 酒
shuǐguǒ jiǒu→shuíguó jiǒu
**wine made from fruit**

洗 臉 水
xǐliǎn shuǐ→xíliǎn shuǐ
**water for washing your face**

請 你 等 我
Qǐngnǐ děngwǒ→Qíngnǐ děngwǒ.
**Please wait for me.**

小 姐妳 好 美
Xiǎojiě nǐ hǎoměi→Xiǎojiě nǐ háoměi.
**Young lady, you are beautiful.**

我 很 想 買 水 果 給 你
Wǒ hěnxiǎng mǎi shuǐguǒ gěinǐ→Wǒ hénxiǎng mǎi shuíguǒ géinǐ.
**I really want to buy fruit for you.**

★你 → 想 你 → 我 想 你 → 我 好 想 你
nǐ　　xiǎngnǐ　　Wǒ xiǎngnǐ　　Wǒ hǎoxiǎng nǐ
**you　　miss you　　I miss you.　　I really miss you.**

★走 → 想 走 → 我 想 走 → 我 好 想 走
zǒu　　xiǎngzǒu　　Wǒ xiǎngzǒu　　Wǒ hǎoxiǎng zǒu
**leave　want to leave　I want to leave.　I really want to leave.**

# CHANGING THE TONES OF 「一、七、八、不」

## 「一、七、八、不」變調
### yī　qī　bā　bù　biàndiào

**1.When "一" is before the first tone, the second tone and the third tone, it changes to the fourth tone.**

| 一 天 | 一 年 | 一 晚 |
|---|---|---|
| yì tiān | yì nián | yì wǎn |
| one day | a year | one evening |

**2.When "一" is before the fourth tone, it changes to the second tone.**

| 一頁 | 一夜 | 一切 | 一 塊　蛋 糕 |
|---|---|---|---|
| yí yè | yí yè | yí qiē | yí kuài dàngāo |
| one page | one night | all | a piece of cake |

**3.When "七"or "八"is before the fourth tone, it changes to the second tone.**

| 七 月 | 七 塊　蛋 糕 | 八 月 | 八 輛　汽 車 |
|---|---|---|---|
| qí yuè | qí kuài dàngāo | bá yuè | bá liàng qì chē |
| July | seven pieces of cakes | August | eight cars |

**4.When "不"is before the fourth tone, it changes to the second tone.**

| 不 用 | 不 必 | 不 客 氣 | 我 不 要 吃 |
|---|---|---|---|
| bú yòng | bú bì | Bú kè qì | Wǒ bú yào chī |
| needn't | needn't | You're welcome. | I don't want to eat. |

EVERYDAY CHINESE

# 生 活 會 話
Shēng huó huì huà

**1/**

A：謝 謝。
Xièxie
（Thank you.）

B：不客氣。
Búkèqì
（You're welcome.）

**2/**

A：對 不 起。
Duìbù qǐ
（I'm sorry.）

B：沒 關 係。
Méiguān xì
（It's all right. / It doesn't matter.）

**3/**

A：王 老師 再 見。
Wáng lǎoshī zài jiàn
（Goodbye, Teacher Wang.）

B：再 見。
Zàijiàn
（Goodbye.）

**4/**

A：這／那 是 什 麼？
Zhè Nà shì shénme
（What is this / that?）

B：這／那 是＿＿＿＿。
Zhè Nà shì
（This / That is ＿＿＿＿。）

## SINGING

# 歌 曲 教 唱
Gē qǔ jiāo chàng

---

## The Pedicab
## （三 輪 車）[1]
### Sānlúnchē

---

三 輪 車 ， 跑 得 快 ，
Sānlúnchē　　pǎode kuài

The pedicab goes fast,

（ 上　　面 ）[2]（ 坐 ）[3]（ 個 ）[4]（ 老 太 太 ）[5]，
shàngmiàn　　zuò　　ge　　lǎotàitai

There's an old lady sitting on it.

（ 要 ）[6]（ 五　　毛 ）[7]，（ 給 ）[8]（ 一　　塊 ）[9]，
yào　　wǔmáo　　gěi　　yíkuài

One dollar is paid instead of fifty cents.

（ 你 ）[10]（ 說 ）[11]奇 怪 （ 不 ）[12]奇 怪 。
nǐ　　shuō　　qíguài　　bùqíguài

Wouldn't you say that's strange?

## VOCABULARY

詞彙
cíhuì

| | | |
|---|---|---|
| 1.三輪車 | N:pedicab | sānlúnchē |
| 2.上面 | N(PW):above, up there | shàngmiàn |
| 3.坐 | V:to sit, to travel "sit" on a plane, boat or train, etc.,(to go) by | zuò |
| 4.個 | MW:used as an all purpose measure word especially before nouns which do not have a specific measure word of their own | ge |
| 5.老太太 | N:an old lady | lǎotàitai |
| 老 | Adj: old | lǎo |
| 太太 | N:Mrs., wife (Here 「太太」 means "a lady".) | tàitai |
| 6.要 | V:AV: to want | yào |
| 7.五毛 | five dimes = fifty cents | wǔmáo |
| 8.給 | V:to give | gěi |
| 9.一塊 | (「一塊」 means 「一塊錢」); one dollar | yí kuài |
| 10.你 | Pron:you | nǐ |
| 11.說 | V:to speak, to say | shuō |
| 12.不 | Adv:not | bù |

The Pedicab
# 三輪車
sānlúnchē

C 2/4

| 1   1   2·3 |   5   5   3   |   5       5   6   7 | i   i   5 |

三 輪 車，　 跑 得 快，　 上　　 面　 坐 個 老太太。

sānlúnchē　　 pǎode kuài　 shàngmiàng　 zuò ge　 lǎo tàitai

| i   i   6·5 |   3   6   5 32 |   1   23   5   65 |   3   2   1 |

要 五 毛，　 給 一 塊，　 你 說　 奇 怪 不 奇 怪。

yào wǔmáo　　 gěi yíkuài　　 nǐ shuō　 qíguài　 bùqíguài

The pedicab goes fast,

There's and old lady sitting on it.

One dollar is paid instead of fifty cents.

Wouldn't you say that's strange?

## 歌曲教唱
Gē qǔ jiāo chàng

 **Singing:**

（三）（輪）（車）
sānlúnchē

三　輪　車　　　跑　得　快　　　上　面　坐　個　老　太　太
Sānlúnchē　　　pǎodé　kuài　　　shàngmiàn　zuò　ge　lǎo　tàitai

要　五　毛　　　給　一　塊　　　你　說　奇　怪　不　奇　怪
Yào　wǔmáo　　　gěi　yīkuài　　　nǐ　shuō　qíguài　bùqíguài

# THE NEUTRAL TONE

輕 聲
Qīng shēng

**1.Particles:**

好　漂亮　啊！
Hǎo piàoliàng a

**So beautiful!**

請　說　吧！
Qǐng shuō ba

**Please talk about it.**

我 來 了！
Wǒ lái le

**I'm coming.**

天　哪！
Tiān na

**Oh my!**

漂 亮 的 花
piàoliàngde hua

**a beautiful flower**

慢　慢 兒地　說
mànmànrde shuō

**to speak slowly**

快（一）點 啦！
Kuài yì

**Quickly!**

你 好 嗎？
Nǐ hǎo ma

**How are you?**

這　是　誰 的　書　呢？
Zhè shì shéide shū ne

**Whose book is this?**

你 呀！
Nǐ ya

**You!...(to express a strong feeling)**

我 的 書
wǒ de shū

**my book**

跑　得　快
pǎode kuài

**to run fast**

**2.Suffixes:**

| 桌 子 | 椅子 | 杯 子 |
|---|---|---|
| zhuōzi | yǐzi | bēiai |
| **table** | **chair** | **cup** |

| 盤 子 | 筷 子 | 孩 子 |
|---|---|---|
| pánzi | kuàizi | háizi |
| **plate** | **chopsticks** | **child** |

| 房 子 | 胖 子 | 葡 萄 |
|---|---|---|
| fángzi | pàngzi | pútao |
| **house** | **a plump person** | **grape** |

| 舌 頭 | 石 頭 | 枕 頭 |
|---|---|---|
| shétou | shítou | zhěn tou |
| **tongue** | **stone** | **pillow** |

| 木 頭 | 覺 得 | 尾 巴 |
|---|---|---|
| mùtou | juéde | wěiba |
| **wood** | **feel** | **tail** |

| 這 個 | 我 們 | 什 麼 |
|---|---|---|
| zhège | wǒ men | shenme |
| **this** | **we** | **what** |

| 坐 著 |
|---|
| zuòzhe |
| **be sitting** |

## 3.The second syllable of the reduplicative nouns:

| | | |
|---|---|---|
| 星 星<br>xīngxing<br>**star** | 爺爺<br>yéye<br>**grandfather** | 奶 奶<br>nǎinai<br>**grandmother** |
| 公　公<br>gōnggong<br>**father in law** | 婆婆<br>pópo<br>**mother in law** | 爸爸<br>bàba<br>**father** |
| 媽 媽<br>māma<br>**mother** | 哥哥<br>gēge<br>**elder brother** | 姊姊<br>jiějie<br>**elder sister** |
| 弟弟<br>dìdi<br>**younger brother** | | 妹 妹<br>mèimei<br>**younger sister** |
| 伯伯<br>bóbo<br>**uncle (elder than father)** | | 叔 叔<br>shúshu<br>**uncle (younger than father)** |

**4.The second syllable of the reduplicative verbs:**

讓 我「看 看」
Ràng wǒ kànkan
**Let me see.**

出 去「走 走」
Chū qù zǒuzou
**to go out for a walk**

和 他「談 談」
Hàn tā tántan
**to talk with him**

「開 開」電 燈
Kāikai diàn dēng
**Turn on the light.**

「謝 謝」你
Xièxie nǐ
**Thank you.**

**5.Embedding "一" or "不" in a reduplicative verb to form a three-syllable phrase, the second syllable should be the neutral tone.**

讓 我「想 一 想」
Ràng wǒ xiǎng yi xiǎng
**Let me think.**

你「吃 不 吃」?
Nǐ chī bu chī
**Would you like to eat (or not)?**

**P.S.** 先 生
   xiānsheng
   **Mr., gentleman, sir; teacher; husband**

太太
tàitai
**Mrs.; Boss's wife; wife**

## EVERYDAY CHINESE

### 生活會話
Shēng huó huì huà

**1/**

👀 時間→幾點（鐘）？
shíjiān jídiǎn (zhōng)
（Time →What time?）

👀 A：現在幾點（鐘）？
Xiànzài jǐdiǎn (zhōng)
（What time is it now?）

👀 B：8點。
Bādiǎn

👀 A：現在幾點（鐘）？
Xiànzài jǐdiǎn (zhōng)
（Eight o'clock.）（What time is it now?）

👀 B：7點 15 分／七點 一刻。
Qī diǎn shíwǔ fēn / Qīdiǎn yíkè
（It's quarter after seven.）

👀 A：現在 幾點（鐘）？
Xiànzài jǐdiǎn (zhōng)

👀 B：5點 30 分／五點 半。
Wǔdiǎn sānshí fēn / Wǔ diǎn bàn。
（It's five thirty.）（What time is it now?）

**2/**

👀 時間→星期幾？／禮拜幾？
shíjiān xīngqí jǐ lǐbài jǐ
（Time →What day?）

A：今 天（是）星 期 幾？／禮拜 幾？
Jīngtiān (shì) xīngqí jǐ lǐbài jǐ
（What day is today?）

B：星 期 一、二、三、四、五、六。
Xīngqí yī èr sān sì wǔ liù
（Monday、Tuesday、Wednesday、Thursday、Friday、Saturday.）

（禮拜 一、二、三、四、五、六。）
Lǐbài yī èr sān sì wǔ liù
（Monday、Tuesday、Wednesday、Thursday、Friday、Saturday.）

A：今 天（是）星 期 幾？／禮 拜 幾？
Jīntiān (shì) xīngqí jǐ lǐbài jǐ
（What day is today?）

B：星 期 日／星 期 天。（禮拜 日／禮拜 天。）
Xīngqí rì Xīngqí tiān Lǐbài rì Lǐbài tiān
（Sunday.）

**3/**

時 間→ 什 麼 時 候？
shíjiān shénme shíhòu
（Time →When?）

A：妳 什 麼 時 候 結 婚？
Nǐ shénme shíhòu jiéhūn
（When will you get married?）

B：明 天。

Míngtiān

（Tomorrow.）

（大 前 天 、 前天 、 昨天

dà qiántiān qiántiān zuótiān

three days ago the day before yesterday yesterday

今天 、 明天 、 後 天

jīntiān míngtiān hòutiān

today tomorrow the day after tomorrow

大 後 天

dà hòutiān

in three days）

（現在 、 早上 、 中午 、 下午

xiànzài zǎoshàng zhōngwǔ xiàwǔ

now morning noon afternoon

晚上 ／ 夜晚

wǎnshàng yèwǎn

evening ； night）

## SINGING

## 歌 曲 教 唱
Gē  qǔ  jiāo chàng

---

### Green Mountain
### (高)₁(山)₂(青)₃
Gāo    shān    qīng

---

高　山　青，（澗　水）₄（藍）₅。
Gāo  shān  qīng    jiàn  shuǐ    lán

Green mountain and clear creeks.

※　（阿里山）₆（的）₇（姑娘）₈（美）₉（如）₁₀
　　Ālǐshān    de    gūniáng    měi    rú

水（呀）₁₁！
shuǐ  ya

Girls of Mt. Ali are as beautiful as the creeks!

阿里山的（少　年）₁₂（壯）₁₃如山。
Ālǐshān  de  shàonián    zhuàng  rú shān

Boys of Mt. Ali are as strong as the mountain.※

（啊）₁₄！……　啊！……
　A　　　　　　A
　Ah!…　　　　Ah!…

Repeat:　※……※
高　山（長）₁₅青，澗　水　長　藍。
Gāo  shān  cháng  qīng  jiàn  shuǐ  cháng  lán

The mountain is forever green and the creeks are always clear.

姑　娘　（和）16（那）17少　年　（永）18不（分）19呀！
Gūniáng　　hàn　　　nà　　shàonián　yǒng　　bùfēn　　ya

Girls and boys are always together.

（碧）20水　長　（圍）21（著）22青　山　（轉）23。
Bì　　shuǐ cháng　　wéizhe　　　qīng shān　zhuǎn

So as the creeks flow around the mountain.

## VOCABULARY

詞彙
cíhui

| | | |
|---|---|---|
| 1. 高 | Adj:high, tall | gāo |
| 2. 山 | N:mountain | shān |
| 3. 青 | Adj:green | qīng |
| 4. 澗水 | N:creek | jiàn shuǐ |
| 水 | N:water (Here "水" means "creek.") | shuǐ |
| 5. 藍 | Adj:blue (Here "藍"means "clear") | lán |
| 6. 阿里山 | N:Mount. or ain Ali, Alishan | Ālǐshān |
| 7. 的 | P:possessive or modifying particle | de |
| 8. 姑娘 | N:young girl | gūniáng |
| 9. 美 | Adj:beautiful, pretty | měi |
| 10. 如 | Prep:to be like, as, similar to, such as, according to<br>Conj:if | rú |
| 11. 呀 | Int:oh, ah | ya |
| 12. 少年 | N:young boy | shàonián |
| 13. 壯 | Adj:strong | zhuàng |

| | | |
|---|---|---|
| 14.啊 | P:an interrogative final particle, used when answer is assumed; indicates affirmation, exclamation | a |
| 15.長 | Adv:always, often<br>Adj:long | cháng |
| 16.和 | Conj:and | hàn |
| 17.那 | Dem:that | nà |
| 18.永 | Adv:forever | yǒng |
| 19.分 | V:to separate | fēn |
| 20.碧 | Adj:green | bì |
| 21.圍 | V:to surround | wéi |
| 22.著 | P:a verbal suffix, indicating the action or the state is continuing | zhe |
| 23.轉 | V:to turn | zhuǎn |

**Green Mountain**

# 高山青
Gāo shān qīng

F 2/4

| 3 2 3 5 3 2 | 3 —— | 2· 6 1 2 6 5 | 6 —— |

高　山　青　　　澗　水　　藍

Gāo　shān　qīng　　　jiàn　shuǐ　　lán

| 6 6 6 5 3 3 | 3 2 3 1 6 | 2 2 2 3 5 3 | 2 2 1 1 6 |

阿 里 山 的 姑　娘 美 如 水 呀 阿 里 山 的 少 年　壯　如 山

Ālǐshān　de gūniáng　měi rú shuǐ ya　Ālǐshān　de shàonián zhuàng rú shān

| 6 —— | 6 1 6 5 2 3 1 2 | 3 —— | 2 6 1 2 6 5 |

　　啊……………………………　…………………　啊……………

　　　A　　　　　　　　　　　　　　　　　　A

| 6 —— | 6 6 6 5 3 3 | 3 2 3 1 6 | 2 2 2 3 5 3 |

…………　阿 里 山 的 姑 娘 美 如 水 呀 阿 里 山 的 少　年

　　　　　Ālǐshān　de gūniáng měi rú shuǐ ya　Ālǐshān　de shàonián

| 2 2 1 1 6 | 6 —— | 3 2 3 5 3 2 | 3 —— |

壯　如 山　　　高 山 長　　青，

zhuàng rú shān　　　Gāo shān cháng　　qīng

|2 · 6 1 6 5 | 6 ——— | 6 6 6 5 3 3 | 3 2 3 1 6 |

澗 水 長　　藍　　　姑 娘 和 那 少 年　永 不 分 呀

jiàn shuǐ cháng　lán　　　Gūniáng hàn nà　shàonián yǒng　bùfēn ya

|2 2 3 5 3 5 | 2　　3 | 6 ——— | 6 ——— |

碧 水 長 圍 著 青　　山　轉。

bì shuǐ cháng wéizhe qīng　shān zhuǎn

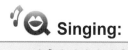 **Singing:**

（高）（山）（青）
Gāo shān qīng

高　山　青，　　潤　水　藍，　　　　阿里山的 姑娘
Gāo　shān　qīng　　jiàn　shuǐ　lán　　　　Ālǐshānde　　gūniáng

美　如　水 呀，阿里山的 少年，壯　如　山。
měi　rú　shuǐ ya　Ālǐshānde　shǎonián　zhuàng rú　shān

啊！　　　　　　　　啊！
A　　　　　　　　　　A

阿里山的　姑娘美 如 水 呀，阿里山的　少年 壯 如 山。
Ālǐshānde　gūniáng měi rú shuǐ ya　Ālǐshānde　shàonián zhuàng rú shān

高　山　長　青，　　潤水 長　藍，　　姑娘和 那 少年 永不分呀，
Gāo shān cháng　qīng　　jiàn shuǐ cháng　lán　　gūniáng hàn nà shàonián yǒng bùfēn ya

碧　水　長　圍　著　青山　轉。
Bìshuǐ cháng　wéizhe　　qīngshān zhuǎn

## THE RETROFLEX ENDING "-r"

# 兒（儿）化韻
ér　　huà yùn

魚＋兒→　魚兒
yú　-r　　yúr
fish

樹葉＋兒→　樹葉兒
shù yè　-r　　shùyèr
leaf

唱歌＋兒→唱歌兒
chànggē　-r　chànggēr
to sing

猴＋兒→　猴兒
hóu　-r　　hóur
monkey

小孩＋兒→　小孩兒
xiǎohái　-r　　xiǎoháir
child

一塊＋兒→　一塊兒
yíkuài　-r　　yíkuàir
together, altogether

車牌＋兒→　車牌兒
chēpái　-r　　chēpáir
license plate

花＋兒→　花兒
huā　-r　　huār
flower

小說＋兒→　小說兒
xiǎoshuō　-r　　xiǎoshuōr
novel

小雞＋兒→　小雞兒
xiǎojī　-r　　xiǎojīr
chicken

小狗＋兒→　小狗兒
xiǎogǒu　-r　　xiǎogǒur
puppy

「門」都 沒 有＋兒→「門兒」都 沒 有
Mén dōu méiyǒu　-r　　Ménr　dōu méiyǒu
That's impossible! No way!

雞腿＋兒→　雞腿兒
jītuǐ　-r　　jītuǐr
chicken leg

等一會＋兒→　等一會兒
Děngyìhuǐ　-r　　Děngyìhuǐr
Wait a minute.

旁　邊＋兒→　旁邊兒
pángbiān　-r　　pángbiānr
beside

一點＋兒→　一點兒
yìdiǎn　-r　　yìdiǎnr
a bit, a little

雞腳＋兒→　雞腳兒
jījiǎo　-r　　jījiǎor
chicken feet

小 貓 ＋兒→　小貓兒
xiǎomāo　-r　　xiǎomāor
kitten

## EVERYDAY CHINESE

### 生 活 會 話
Shēng huó huì huà

**1/**

👀 A：他／她 在 哪兒？
Tā　Tā zài nǎ r
（Where is he／she?）

👀 B：他／她 在_____。
Tā　Tā zài
（He／She is at／in ____.）

👀 學 校 、 圖 書 館 、 宿 舍 、 教 室
xuéxiào　　　tú shūguǎn　　sùshè　　jiàoshì
school　　　　library　　dormitory　classroom

餐 廳 、 公 園 、 夜市 、 家
cāntīng　gōngyuán　yèshì　　jiā

restaurant　　park　　night market　home

**2/**

👀 A：你 到 哪兒去？
Nǐ dào　nǎr qù
（Where are you going?）

👀 B：我 到_____去。
Wǒ dào　　　　qù
（I'm going to _____.）

**3/**

A：你 有＿＿＿＿嗎？
Nǐ yǒu　　　ma
（Do you have ＿＿＿＿？）

B：我 有／沒 有＿＿＿＿。
Wó yǒu　méiyǒu
（Yes, I have ＿＿＿＿.）（No, I don't have ＿＿＿＿.）

**4/**

A：你 要 不 要＿＿＿＿？
Nǐ yào búyào
（Do you want ＿＿＿＿？）

B：我 要／不 要＿＿＿＿。
Wǒ yào　búyào
（Yes, I want ＿＿＿＿.）（No, I don't want ＿＿＿＿.）

**5/**

A：你 喜 歡 吃／喝 什 麼？
Nǐ xǐhuān chī　hē shénme
（What do you like to eat／drink？）

B：我 喜 歡 吃／喝＿＿＿＿。
Wǒ xǐhuān chī　hē
（I like to eat／drink ＿＿＿＿.）

## SINGING

# 歌曲教唱
### Gē qū jiāo chàng

### Jasmine
# （茉莉花）1
### mòlì huā

（ 好 ）2一（ 朵 ）3（ 美麗的 ）4茉莉花！
Hǎo　　yìduǒ　　　　měilìde　　　mòlì huā

**What a beautiful Jasmine!**

好一朵　美麗的茉莉花！
Hǎo yìduǒ　　měilìde　　mòlì huā

**What a beautiful Jasmine!**

（ 芬芳 ）5美麗（ 滿 ）6（ 枝椏 ）7，
Fēnfāng　　měilì　　mǎn　　　zhīyā

**Fragrant flowers on branches.**

（ 又香又白 ）8（ 人人 ）9（ 誇 ）10。
Yòu xiāng yòu bái　　rénrén　　kuā

**Praised for their fragrance and purity.**

（ 讓 ）11（ 我 ）12（ 來 ）13（ 將 ）14你（ 摘下 ）15，
Ràng　　wǒ　　lái　　jiāng　　nǐ　zhāi xià

**Let me take you**

（ 送 ）16給 （ 別人家 ）17。
Sòng　gěi　　biérén jiā

**As a gift for others.**

茉莉花！茉莉花！
Mòlì huā　　Mòlì huā

**Jasmine! Jasmine!**

## VOCABULARY

詞彙
cíhuì

| | | |
|---|---|---|
| 1.茉莉花 | N:Jasmine | mòlì huā |
| 花 | N:flower | huā |
| 2.好 | Adj:good<br>Adv:very, quite | hǎo |
| 3.朵 | MW:quantifier for a flower | duǒ |
| 4.美麗的 | Adj:beautiful, pretty | měilìde |
| 5.芬芳 | Adj:fragrant | fēnfāng |
| 6.滿 | V:to be full of, to be filled with, to be packed full | mǎn |
| 7.枝椏 | N:branch | zhīyā |
| 8.又香又白 | both fragrant and white (pure) | yòu xiāng yòu bái |
| 又…又… | Pt:both...and... | yòu... yòu... |
| 香 | Adj:fragrant | xiāng |
| 白 | Adj:white | bái |
| 9.人人 | many people | rénrén |
| 人 | N:person, people | rén |

| 10.誇 | V:to praise, to boast, to exaggerate | kuā |
|---|---|---|
| 11.讓 | V:to let, to allow, to permit, to make<br>V:used in a passive sentence structure to introduce the agent | ràng |
| 12.我 | Pron:I, me | wǒ |
| 13.來 | V:to come | lái |
| 14.將 | Prep:the same meaning as "把" used before a direct object, followed by a transitive verb<br>Adv:about to | jiāng |
| 15.摘下 | V:to pick, to pluck | zhāi xià |
| 16.送 | V:to give, to present, to deliver, to send off, to escort | sòng |
| 17.別人家 | N:other people | biérén jiā |

Jasmine
## 茉莉花
Mòlì huā

F 2/4

| 3  3 5 | 6 i̲ i̲ 6 | 5 5 6 | 5    0 |

好　一朵　　美麗的　　茉莉　　花

Hǎo　yì duǒ　　měilìde　　mòlì　　huā

| 3  3 5 | 6 i̲ i̲ 6 | 5 5 6 | 5    0 |

好　一朵　　美麗的　　茉莉　　花

Hǎo　yìduǒ　　měilìde　　mòlì　　huā

| 5 5 | 5 3 5 | 6 6 | 5    0 |

芬芳　　美麗　　　滿 枝 椏

Fēnfāng　　měilì　　mǎn　zhīyā

| 3 2 3 | 5 3 2 | 1 1 2 | 1    0 |

又 香　　又 白　　人 人　　誇

Yòu xiāng　　yòu bái　　rénrén　　kuā

| 3̲ 2̲ 1̲ 3̲ | 2 · 3̲ | 5 6 i̲ | 5 —|

讓 我　　來 將　　你 摘　　下

Ràng　wǒ　　lái jiàng　　nǐ zhāi　　xià

| 2 <u>3 5</u> | <u>2 3</u> <u>1 6̣</u> | 5 — | 6 1 |

送　給　　別　人　　家　　　茉　莉

Sòng gěi　　biérén　　jiā　　　Mòlì

| 2 · <u>3</u> | <u>1 2</u> <u>1 6̣</u> | 5 — | 5̣ 0 |

花　　　茉　莉　花

huā　　　Mòlì　huā

歌 曲 教 唱
Gē qǔ jiāo chàng

 Singing:

（茉）（莉）（花）
mòlì　huā

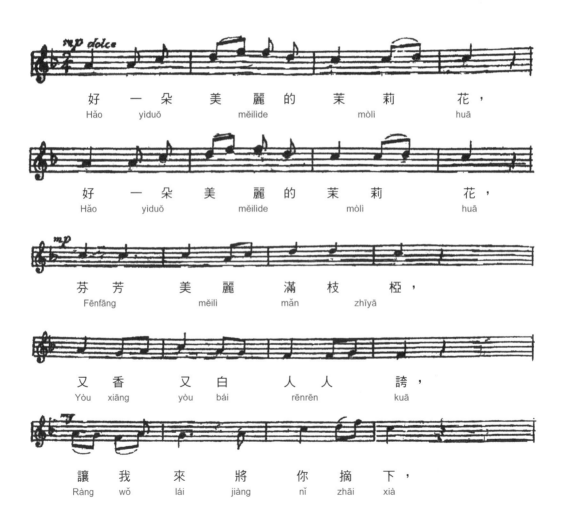

好　一朵　美麗的　茉莉　　花，
Hǎo　yìduǒ　měilide　mòlì　　huā

好　一朵　美　麗的　茉莉　　　花，
Hǎo　yìduǒ　měilide　mòlì　　　huā

芬芳　　美麗　滿枝　椏，
Fēnfāng　měilì　mǎn　zhīyā

又　香　又　白　人人　誇，
Yòu　xiāng　yòu　bái　rénrén　kuā

讓　我　來　將　你　摘　下，
Ràng　wǒ　lái　jiàng　nǐ　zhāi　xià

# 第四單元

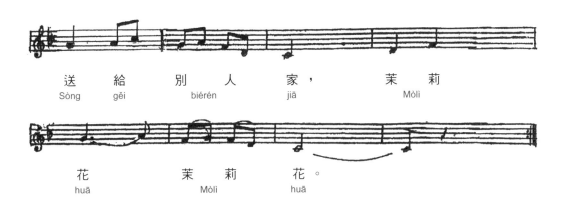

送　給　別　人　家，　　茉　莉
Sòng　gěi　biérén　　jiā　　　Mòli

花　　茉　莉　花。
huā　　Mòlì　　huā

# 第二部分
# 華語生活會話

Dì èr bù fèn：
Huáyǔ shēnghuó huìhuà

Part 2:
Everyday Chinese Conversation

## GREETING、VISITING FRIEND

### (打招呼)₁、(拜訪)₂(朋友)₃
dǎ zhāohū　　bài fǎng　　péngyǒu

（早晨）₄
zǎochén

Morning

A：（早安）₅！（好久不見）₆，（你好嗎）₇？
　　Zǎoān　　　Hǎo jiǔ bú jiàn　　　nǐ hǎo ma

Good morning! Long time no see. How are you?

B：（我很好）₈，（謝謝）₉！你好嗎？
　　Wǒ hěn hǎo　　xièxie　　　Nǐ hǎo ma

I'm fine. Thank you, and you?

A：謝謝你，我（也）₁₀很好。你（最近）₁₁（忙
　　Xièxie nǐ wǒ yě hén hǎo Nǐ zuìjìn máng
不忙）₁₂？
bùmáng

Me too. Thanks. Have you been busy lately?

B：我（有）₁₃（很多）₁₄（的）₁₅（考試）₁₆，（所
　　Wǒ yǒu hěn duō (de) kǎoshì suǒ
以）₁₇很忙，你（呢）₁₈？
yǐ hěn máng nǐ ne

I am busy with exams, and you?

A：我不忙，我（常常）₁₉（去）₂₀（公園）₂₁
　　Wǒ bùmáng wǒ chángchang qù gōngyuán
（散步）₂₂。（我們）₂₃去（張先生）₂₄（家）₂₅，
sànbù Wǒmen qù Zhāng xiānsheng jiā

（好不好）26 ？
hǎo bùhǎo

I'm not busy. I often take a walk in the park. Shall we go to Mr. Zhang's house?

B：好！
Hǎo

OK!

張 先 生 家 的 （ 客 廳 ）27
Zhāng xiānsheng jiā de kètīng

in Mr. Zhang's living room

AB：（ 沙 發 ）28（ 真 漂 亮 ）29 ！
Shāfā zhēn piàoliàng

Nice sofa!

張 先 生：（ 請 坐 ）30，請 （ 喝 茶 ）31。 好 久 不 見 ！
Qǐngzuò qǐng hēchá Hǎo jiǔ bú jiàn

Have a seat. Please have tea. Long time no see.

A：你 好 嗎 ？ 忙 不 忙 ？ 我 （ 想 ）32 請 你 （ 看
Nǐ hǎo ma Máng bùmáng Wǒ xiǎng qǐng nǐ kàn

電 影 ）33 。
diànyǐng

How are you? Are you busy? I want to invite you to go to a movie.

B：我 想 請 你 （ 吃 飯 ）34 。
Wǒ xiǎng qǐng nǐ chīfàn

I want to invite you for meal.

張 先 生 ： 謝 謝 （ 你 們 ）35 ！（ 可 是 ）36 我 很
　　　　　　Xièxie　　　nǐmen　　　　Kěshì　　　wǒ　hěn

忙 ，（ 改 天 ）37 好 不 好 ？
máng　　gǎitiān　　hǎo bùhǎo

Thank you for your invitation, but I'm very busy. Let's go on another day.
OK?

AB ： 好 ！（ 再 見 ）38 ！
　　　Hǎo　　　Zàijiàn

OK! Good-bye.

張 先 生 ： 再 見 ！
　　　　　　Zàijiàn

Good-bye.

## VOCABULARY

詞彙
cíhuì

| | | |
|---|---|---|
| 1.打招呼 | VO:greeting | dǎ zhāohū |
| 2.拜訪 | V:visit (formal, polite usage) | bàifǎng |
| 3.朋友 | N:friend | péngyǒu |
| 4.早晨 | N:morning | zǎochén |
| 5.早安 | IE:Good morning. | zǎoān |
| 6.好久不見 | IE:Long time no see. | hǎojiǔbújiàn |
| 7.你好嗎？ | How are you? | Nǐ hǎo ma |
| 你 | Pron:you | nǐ |
| 好 | Adj:good | hǎo |
| 嗎 | P:a question particle | ma |
| 8.我很好 | I am fine. | Wǒ hén hǎo |
| 我 | Pron:I, me | wǒ |
| 很 | Adv:very | hěn |
| 9.謝謝 | V:to thank, to thank you | xièxie |
| 10.也 | Adv:also | yě |

| | | |
|---|---|---|
| 11.最近 | MA:recently, lately | zuìjìn |
| 12.忙 | Adj:busy | máng |
| 不／不 | Adv:not | bù/bú |
| 13.有 | V:to have, there is, there are | yǒu |
| 14.很多的 | very much | hěn duō de |
| 多 | Adj:many:much | duō |
| 15.的 | P:possessive or modifying particle | de |
| 16.考試 | VO:N: to take a test; test, exam | kǎoshì |
| 17.所以 | MA:therefore, so | suǒyǐ |
| 18.呢 | P:a question particle | ne |
| 19.常常 | Adv:often, usually, generally | chángcháng |
| 20.去 | V:to go | qù |
| 21.公園 | N:(public) park | gōngyuán |
| 22.散步 | V:to take a walk | sànbù |
| 23.我們 | Pron:we, us | wǒmen |
| 們 | BF:used after pronouns 我，你，他 or certain nouns denoting persons | men |

| 24.張先生 | Mr. Zhang | Zhāng xiānsheng |
|---|---|---|
| 張 | N:a common Chinese surname | Zhāng |
| 先生 | N:Mr., Sir, gentleman, husband | xiānsheng |
| 25.家 | N:home, family<br>M:measure word for stores | jiā |
| 26.好不好 | IE:Is it OK? | hǎo bùhǎo |
| 27.客廳 | N:living room | kètīng |
| 28.沙發 | N:sofa | shāfā |
| 29.真漂亮 | really beautiful, really pretty | zhēn piàoliàng |
| 真 | Adv:really | zhēn |
| 漂亮 | Adj:beautiful, pretty | piàoliàng |
| 30.請坐 | IE:Sit down, please. Have a seat. | Qǐngzuò |
| 請 | V:to please, to invite | qǐng |
| 坐 | V:to sit, to travel "sit" on a plane, boat or train, etc., (to go) by | zuò |
| 31.喝茶 | VO:to have some tea | hēchá |
| 喝 | V:to drink | hē |

| 茶 | N:tea | chá |
|---|---|---|
| 32.想 | AV:V: to want to, to plan to / to think, to miss | xiǎng |
| 33.看電影 | VO:to see a movie | kàn diànyǐng |
| 看 | V:to watch, to see, to read, to look at | kàn |
| 電影 | N:movie | diànyǐng |
| 34.吃飯 | VO:eat (a meal) | chīfàn |
| 吃 | V:to eat | chī |
| 飯 | N:food, meal | fàn |
| 35.你們 | Pron.you (plural) | nǐmen |
| 36.可是 | Adv:but, however | kěshì |
| 37.改天 | MA (TW):another day | gǎitiān |
| 38.再見 | IE:Good-bye. (lit. See you again.) | zàijiàn |

## SYNTAX PRACTICE

句法練習
jùfǎ liànxí

**1**

| S | V（有） | Adv | Adj | O |
|---|---|---|---|---|
| 我 | 有 | 很 | 多的 | 考 試。 |
| Wǒ | yǒu | hěn | duōde | kǎoshì |
| I | have | | many | exams. |

▶ Practice:

| 張　先　生 | 有 | 很 | 漂　亮　的 | 沙　發。 |
|---|---|---|---|---|
| Zhāng xiānsheng | yǒu | hěn | piàoliàngde | shāfā |
| Mr. Zhang | has | very | beautiful | sofa. |

| 臺　中 | 有 | 很 | 大的 | 公　園。 |
|---|---|---|---|---|
| Táizhōng | yǒu | hěn | dàde | gōngyuán |
| There　are　large　parks　at　Taizhong. | | | | |

| （　　） | 有 | 很 | （　　） | （　　）。 |
|---|---|---|---|---|
| | yǒu | hěn | | |

**②**

| S | adv | V（去） | O |
|---|-----|--------|---|
| 我 | 常　常 | 去 | 公　園。 |
| Wǒ | chángcháng | qù | gōngyuán |
| I | often | go to | the park. |

▶ Practice:

| 王　老師 | 常　常 | 去 | 學　校。 |
|---------|-------|----|--------|
| Wáng lǎoshī | chángcháng | qù | xuéxiào |
| Ms. Wang | often | goes to | school. |

| 你 | 常　常 | 去 | 臺北。 |
|----|-------|----|-------|
| Nǐ | chángcháng | qù | Táiběi |
| You | often | go to | Taipei. |

| （　） | 常　常 | 去 | （　）。 |
|--------|-------|----|--------|
| | chángcháng | qù | |

## ACTIVITY

活動
huó dòng

角色扮演： 打招呼
jiǎosè bànyǎn dǎzhāohū

Role Play Greeting

角色扮演： 拜訪朋友
jiǎosè bànyǎn bàifǎng péngyǒu

Role Play Visiting Friend

## SLANG AND PROVERB

俚語、諺語
lǐyǔ　　yànyǔ

● 在 家 靠 父 母 ， 出 外 靠 朋 友
Zài jiā kào fùmǔ　　chū wài kào péngyǒu

Rely on your parents at home, and your friends when you go out.

A： 謝 謝 你 幫 我 （ 的 ） 忙 ，我 在 臺 灣 過 得 很 舒 服 。
Xièxie nǐ bāng wǒ　de　máng wǒ zài Táiwān guòde hěn shūfú

Thank you for your help. I have had a wonderful life in Taiwan.

B： 哪 裡 ， 哪 裡 ， 在 家 靠 父 母 ， 出 外 靠 朋 友 。
Nálǐ　　Nálǐ　　Zài jiā kào fùmǔ　　chū wài kào péngyǒu

Don't mention it. We rely on our parents at home, and our friends when we go out.

● 情 人 眼 裡 出 西 施
Qíngrén yánlǐ chū Xīshī

Beauty is in the eye of the beholder.

A： 張 先 生 說 他 的 女 朋 友 是 一 個 大 美 人 。
Zhāng xiānsheng shuō tā de nǚ péngyǒu shì yíge dà měirén

Mr. Zhang said that his girl friend is extremely beautiful.

B： 哈 ！ 情 人 眼 裡 出 西 施 。
Hā　　Qíngrén yánlǐ chū Xīshī

Ha! Beauty is in the eye of the beholder.

# 第二單元

## SHOPPING、TAKING A STROLL IN A NIGHT MARKET

### (購物)₁、(逛)₂(夜市)₃
gòuwù　　　guàng　　yèshì

夜 市
yèshì

in the night market

A：（ 哇 ）₄！（ 臺 中 ）₅的 夜 市 有 很 多 （ 東 西 ）₆！
　　　Wā　　　　Táizhōng　　de　yèshì　yóu hěn duō　　dōngxī

Wow! There are so many things in the night market in Taizhong.

B：（ 臺 灣 ）₇（ 小 吃 ）₈，（ 臭 豆 腐 ）₉、（ 蚵 仔 煎 ）₁₀、
　　　Táiwǎn　　　xiǎochī　　　chòudòufū　　　ézǐjiān

（ 炒 米 粉 ）₁₁、（ 蚵 仔 麵 線 ）₁₂、（ 刨 冰 ）₁₃，……
　　chǎomǐfěn　　　　ézǐmiànxiàn　　　　bàobīng

Taiwanese snacks, stinky tofu, oyster omelet, fried rice noodles, oyster thin noodles, shaved ice,...

A：（ 這 裡 ）₁₄ 有 （ 賣 ）₁₅（ 衣 服 ）₁₆、（ 鞋 子 ）₁₇、
　　　Zhèlǐ　　　　yǒu　　mài　　　yīfú　　　　xiézi

（ 皮 包 ）₁₈的 （ 攤 子 ）₁₉。
　　píbāo　　de　　tānzi

Here are stalls for clothes, shoes and  handbags.

B：夜 市 的 東 西 （ 貴 ）₂₀不 貴 ？
　　Yèshì　de　dōngxī　　guì　　búguì

Are things expensive in the night market?

A：不 貴 。（ 在 ）₂₁（ 百 貨 公 司 ）₂₂（ 不 二 價 ）₂₃，
　　Búguì　　Zài　　　bǎihuògōngsī　　　　búèrjià

可 是 在 夜 市 （ 可 以 ）24（ 殺 價 ）25。
kěshì zài yèshì　　kěyǐ　　　shājià

No. There's no haggle at the department store, but you can haggle in the night market.

B： 哇 ！ 勞 力 士 ， 也 可 以 （ 打 折 ）26。
　Wā　Láolìshì　yě kěyǐ　　dǎzhé

Wow! Rolex! I also can get a discount.

A： 我 （ 希 望 ）27（ 能 ）28（ 打 一 折 ）29。
　Wǒ　xī wàng　　néng　　dǎ yìzhé

I hope I can get a ninety percent discount.

B： 你 想 （ 買 ）30（ 冒 牌 貨 ）31 嗎 ？
　Nǐ xiǎng　mǎi　　màopáihuò　　ma

Do you want to buy the fake one?

# 第二單元

## VOCABULARY

### 詞彙
cíhuì

| | | |
|---|---|---|
| 1.購物 | VO:shopping | gòuwù |
| 購 | V:to buy | gòu |
| 物 | N:thing | wù |
| 2.逛 | V:to take a stroll | guàng |
| 3.夜市 | N:night market | yèshì |
| 4.哇 | Int:Wow! | wa |
| 5.臺（台）中 | PW:a name of a Taiwanese city | Táizhōng |
| 6.東西 | N:thing | dōngxī |
| 7.臺（台）灣 | PW:a name of an island | Táiwān |
| 臺灣的、臺灣人的 | Adj:Taiwanese | Táiwānde Táiwānrénde |
| 臺灣人 | N:Taiwanese people | Táiwānrén |
| 8.小吃 | N:snack | xiǎochī |
| 9.臭豆腐 | N:stinky tofu | chòudòufǔ |
| 10.蚵仔煎 | N:oyster omelet | ézǐjiān |

| 11. 炒米粉 | N:fried rice noodles | chǎomǐfěn |
|---|---|---|
| 12. 蚵仔麵線 | N:oyster thin noodles | ézǐmiànxiàn |
| 13. 刨冰 | N:shaved ice | bàobīng |
| 14. 這裡 | N(PW):here | zhèlǐ |
| 15. 賣 | V:to sell | mài |
| 16. 衣服 | N:clothes | yīfú |
| 17. 鞋子 | N:shoes | xiézi |
| 18. 皮包 | N:purse, a handbag | píbāo |
| 19. 攤子 | N:street stall | tānzi |
| 20. 貴 | Adj:expensive | guì |
| 21. 在 | Prep:to be (at, in, on, etc.) Adv:indicating that action is in progress | zài |
| 22. 百貨公司 | N:department store | bǎihuògōngsī |
| 23. 不二價 | a uniform price, no haggle | búèrjià |
| 24. 可以 | AV:can, may, be permitted | kěyǐ |
| 25. 殺價 | VO:to haggle, reduce prices, cut price down | shājià |
| 26. 打折 | V:to give a discount | dǎzhé |

| 27.希望 | V:to hope, to wish<br>N:hope | xīwàng |
|---------|------------------------------|--------|
| 28.能 | AV:can, be physically able to | néng |
| 29.打一折 | VO:to give a ninety percent discount | dǎ yìzhé |
| 30.買 | V:to buy | mǎi |
| 31.冒牌貨 | N:fake | màopáihuò |

## SYNTAX PRACTICE

句法練習
jùfǎ  liànxí

**1**    **S**        **的**     **N**     **貴不貴？**

夜市        的    東 西    貴 不 貴？
Yèshì      de   dōngxī   guì búguì

Are things expensive in the night market?

▶ Practice:

百 貨 公 司    的     衣 服   貴 不 貴？
Bǎihuògōngsī   de     yīfú    guì búguì

Are clothes expensive at the department store?

臺 灣       的     土 地   貴 不 貴？
Táiwān      de     tǔdì    guì búguì

Is the land of Taiwan expensive?

（　　　）    的   （　　　）   貴 不 貴？
          de            guì búguì

**2** 在　　　N、N（PW）　　AV（可以）　　V　　O

| 在 | 夜市 | 可以 | 殺 | 價。 |
|---|---|---|---|---|
| Zài | yèshì | kěyǐ | shā | jià |

You can haggle in the night market.

▶ Practice:

| 在 | 餐廳 | 可以 | 喝 | 酒。 |
|---|---|---|---|---|
| Zài | cāntīng | kěyǐ | hē | jiǔ |

You can drink wine in a restaurant.

| 在 | 美國 | 可以 | 賽 | 車。 |
|---|---|---|---|---|
| Zài | Měiguó | kěyǐ | sài | chē |

You can race your car in the U.S.A.

| 在 | （　　） | 可以 | （　）（　）。 |
|---|---|---|---|
| Zài | | kěyǐ | |

## ACTIVITY

活動
huó dòng

# 角色扮演：購物、逛夜市
jiǎosèbànyǎn　　gòuwù　　guàng yèshì

(Role Play: Shopping、Taking a Stroll in The Night Market)

## SLANG AND PROVERB

俚語、諺語
líyǔ　　yànyǔ

● 羊 毛 出 在 羊 身 上
Yángmáo chū zài yáng shēnshàng

Whatever you get, you pay for.

A： 這 件 衣 服 很 貴 ， 但 是 贈 品 多 ， 所 以 還 算
Zhè jiàn yī fú hěn guì　　dànshì zèngpǐn duō　　suǒyǐ hái suàn

划 得 來 。
huádelái

This dress is expensive, but you can get many give aways, so it is still worth of it.

B： 你 沒 聽 過 「 羊 毛 出 在 羊 身 上 」 這 句
Nǐ méi tīngguò　　Yángmáo chū zài yáng shēnshàng　　zhè jù

話 嗎 ？
huà ma

Don't you know the proverb "Whatever you get, you pay for."

● 一 分 錢 一 分 貨
Yì fēn qián yì fēn huò

You get what you pay for.

A： 這 件 衣 服 很 貴 ， 但 是 穿 起 來 很 舒 服 。
Zhè jiàn yī fú hěn guì　　dànshì chuān qǐlái hěn shūfú

This dress is expensive, but it's comfortable.

B： 當 然 啦 ！ 一 分 錢 一 分 貨 。
Dāngrán la　　Yì fēn qián yì fēn huò

Of course! You get what you pay for.

## CONVERSATIONS ABOUT FESTIVALS

### (談一談)₁(節慶)₂
#### Tán yì tán　jiéqìng

A：臺　灣　人（最）₃（重要的）₄節慶（是）₅（什麼）₆？
　　Táiwǎn rén　zuì　zhòngyàode　jiéqìng　shì　shénme

What's the most important festival in Taiwan?

B：是（農曆年）₇。
　　Shì　nónglìnián

It's Chinese New Year.

A：農　曆　年　有（特　別　的）₈（活　動）₉（和）₁₀（食
　　Nónglìnián　yǒu　tèbiéde　　huódòng　　hàn　　shí

物）₁₁，你　可　以　談　一　談　嗎？
wù　　　nǐ　kéyǐ　tán　yi　tán ma

There are special activities and food in Chinese New Year. Can you talk about it?

B：（沒　問　題）₁₂。（大　家）₁₃（放鞭炮）₁₄（趕　走）₁₅
　　Ménwèntí　　　　　Dàjiā　　　fàng biānpào　　gǎnzǒu

（怪　　獸）₁₆——（年）₁₇，（向）₁₈　好　朋　友
　guàishòu　　　　　　nián　　　xiàng　　hǎo　péngyǒu

（拜　年）₁₉，（說）₂₀：「（恭　喜）₂₁恭　喜。」
　bàinián　　　　shuō　　　Gōngxǐ　　　Gōngxǐ

No problem. On Chinese New Year, everyone sets off firecrackers to expel the monster. They visit good friends and relatives, and say "Happy New Year".

A：特　別　的　食　物　是　什　麼？
　　Tèbiéde　shíwù shì　shénme

What's the special food?

B：「（年糕）22」（表示）23「（年年高升）24」，
Niángāo　　　　biǎoshì　　　　Niánnián gāoshēng

　「（水餃）25」表示「（發財）26」。
　shuǐjiǎo　　　biǎoshì　　　fācái

"New Year cakes" mean "to get promotion every year". "Dumplings" mean "to become rich".

A：（大人）27（會）28不會（給）29我「（壓歲錢）30」
Dàrén　　　　huì　　búhuì　　géi　wǒ　　yāsuìqián

（紅包）31？
（hóngbāo）

Will I get the lucky money（or the red envelope）from adults ?

B：會！
Huì

Yes.

A：哈哈！「（恭喜發財，紅包拿來。）32」
Hāhā　　　Gōngxǐ fācái　　hóngbāo náliá

Ha! Ha! "Wish you good fortune and give me the lucky money."

B：（哎呀）33！
　Āiya

Oh!

# VOCABULARY

詞彙
cíhuì

| | | |
|---|---|---|
| 1.談一談 | V:to talk about | tán yi tán |
| 2.節慶 | N:festival | jiéqìng |
| 3.最 | Adv:the most, -est | zuì |
| 4.重要的 | Adj:important | zhòngyàode |
| 5.是 | V:to be (am, are, is) | shì |
| 6.什麼 | QW:what | shénme |
| 7.農曆年 | N:Chinese New Year, Lunar New Year | nónglìnián |
| 8.特別的 | Adj:special | tèbiéde |
| 9.活動 | N:activity | huódòng |
| 10.和 | Conj:and | hàn |
| 11.食物 | N:food | shíwù |
| 12.沒問題 | IE:No problem. | méiwèntí |
| 13.大家 | N:everyone | dàjiā |
| 14.放鞭炮 | VO:to set off firecrackers | fàngbiānpào |
| 15.趕走 | V:to expel | gǎnzǒu |
| 16.怪獸 | N:monster | guàishòu |
| 17.年 | N:M: year (p.s: Originally, it is the name of the monster.) | nián |
| 18.向 | V:to turn toward, to face | xiàng |

| | | |
|---|---|---|
| 19.拜年 | V:to pay someone a courtesy call on New Year's Day or shortly thereafter, usually with a present | bàinián |
| 20.說 | V:to speak, to say | shuō |
| 21.恭喜 | V:to congratulate<br>N:congratulations | gōngxǐ |
| 22.年糕 | N:New Year cake, a pastry made of the flour of glutinous rice and used primarily in the Lunar New Year period. | niángāo |
| 23.表示 | V:to mean, to express | biǎoshì |
| 24.年年高升 | IE:to get promotion every year | niánnián gāoshēng |
| 25.水餃 | N:dumpling | shuǐjiǎo |
| 26.發財 | V:to become rich | fācái |
| 27.大人 | N:adult | dàrén |
| 28.會 | AV:can, know how to<br>N:meeting, party | huì |
| 29.給 | V:to give | gěi |
| 30.壓歲錢 | N:lucky money | yāsuìqián |
| 錢 | N:money | qián |
| 31.紅包 | N:lucky money (put in a red envelope)<br>N:a bribe | hóngbāo |
| 32.恭喜發財，紅包拿來 | IE:Wish you good fortune and give me the lucky money. | gōngxǐ fācái, hóngbāo nálái |
| 33.哎呀 | Int:oh | āiya |

## SYNTAX PRACTICE

句法練習
jùfǎ   liànxí

**1** 
| S | AV（可以） | Reduplicative V | 嗎？ |
|---|---|---|---|
| 你 | 可以 | 談（一）談 | 嗎？ |
| Nǐ | kěyǐ | tán (yi) tán | ma |

Can  you  talk  about  it?

► Practice;

| 我 | 可以 | 吃（一）吃 | 嗎？ |
|---|---|---|---|
| Wǒ | kěyǐ | chī (yi) chī | ma |

May  I  have  a  little  bit?

| 媽 媽 | 可以 | 說（一） 說 | 嗎？ |
|---|---|---|---|
| Māma | kěyǐ | shuō (yi) shuō | ma |

Can  mom  talk  about  it?

| （ ） | 可以 | （    ）（ 一 ）（    ） | 嗎？ |
|---|---|---|---|
| | kěyǐ | yi | ma |

**2** S　　　會不會　　　V（給）　　Ind. O　　　Dir. O

| 大人 | 會不會 | 給 | 我 | 壓歲 錢？ |
| Dàrén | huì búhuì | gěi | wǒ | yāsuìqián |

Will　I　get　the　lucky　money　from　adults?

▶ Practice:

| 約翰 | 會不會 | 給 | 你 | 巧克力？ |
| Yuēhàn | huì búhuì | gěi | nǐ | qiǎokèlì |
| Will | John | give | you | chocolates? |

| 老師 | 會不會 | 給 | 他 | 獎學金？ |
| Lǎoshī | huì búhuì | gěi | tā | jiǎngxuéjīn |
| Will | teacher | give | him | the scholarship? |

| （　） | 會不會 | 給 | （　） | （　）？ |
| | huì búhuì | gěi | | |

## ACTIVITY

活動
huó dòng

角色扮演：拜年
jiǎosè bànyǎn　　bàinián

(Role Play: Paying Someone a Courtesy Call on New Year's Day)

A： 新　年　快樂。
Xīn nián　kuàilè

Happy New Year!

B： 萬　事　如　意。
Wàn shì rú yì

Get everything your heart desires.

C： 年　年　有　餘，歲　歲　平　安。
Nián nián yǒu yú　suì suì píng ān

Have a prosperous and safe life.

D： 恭　喜　發　財，紅　包　拿　來。
Gōngxǐ fācái　hóngbāo náliá

Wish you good fortune, and give me the lucky money.

# 第三單元

## SLANG AND PROVERB

俚語、諺語
lǐyǔ　　yànyǔ

● 風　水　輪　流　轉
　Fēngshuǐ　lúnliú　zhuǎn

　Every dog has its day. / The tide turns.

A：昨　天　我　中　樂　透　，今　天　你　中　樂　透　。
　Zuótiān　wǒ　zhòng　lètòu　　jīntiān　nǐ　zhòng　lètòu

　I won the lottery yesterday, and you won today.

B：風　水　輪　流　轉　呀　！
　Fēngshuǐ　lúnliú　zhuǎn　ya

　Every dog has its day. / The tide turns.

● 入　境　隨　俗
　Rù jìng suí　sú

　When in Rome, do as the Romans do.

A：嗨　！新　年　快　樂　！　恭　喜　發　財　，紅　包　拿　來　。
　Hāi　Xīnnián kuàilè　　Gōngxǐ　fācái　　hóngbāo náliá

　Hi! Happy New Year. Wish you good fortune, and give me the lucky money.

B：哈　！我　不　會　入　境　隨　俗　的　。
　Hā　　Wǒ búhuì　rùjìng　suísú　de

　Ha! When in Rome, I won't adjust to the new culture.

## MAKING A PHONE CALL

### (打電話)1
Dǎ diàn huà

（ 電 話 ： 鈴 …… ）
diànhuà      līng

(The telephone rings.)

（ 媽 媽 ）2 : （ 喂 ）3 !
　　　　　　　Wéi

Hello!

（ 約 翰 ）4 : 喂 ! （ 請 問 ）5 （ 小 明 ）6 在 不 在 ?
　　　　　　Wéi　Qǐngwèn　　Xiǎomíng　zài buzài

Hello! May I speak to Xiaoming please?

媽 媽 : （ 他 ）7 不 在 。 請 問 你 是 （ 哪 一 位 ）8 ?
　　　　　Tā　búzài　Qǐngwèn nǐ shì　　nǎ yí wèi

He isn't here. Who is speaking please?

約 翰 : 我 是 他 的 朋 友 約 翰 。
　　　　Wǒ shì tā de péngyǒu Yuēhàn

This is his friend John.

媽 媽 : 你 （ 要 ）9 不 要 （ 留 話 ）10 呢 ?
　　　　Nǐ　yào　buyào　liúhuà　ne

Would you like to leave a message?

約 翰 : 要 。 我 的 電 話 （ 號 碼 ）11 是 22183251 。
　　　　Yào　wǒ de diànhuà　hàomǎ　shì 22183251

Yes, my telephone number is 22183251.

媽媽： 我 會 請 他 （ 回 電 ）12。
Wǒ huì qǐng tā huídiàn
I'll have him call you back.

約翰： 謝 謝 （ 您 ）13。 再 見 ！
Xièxie nín Zàijiàn
Thank you. Good-bye.

● （ 電 話 ： 鈴 …… ）
diànhuà līng
(The telephone rings.)

小明： 喂 ！ 我 是 小 明 ， 請 問 你 是 約 翰 嗎 ？
Wèi Wǒ shì Xiǎomíng qǐngwèn nǐ shì Yuēhàn ma
Hello! This is Xiaoming. May I speak to John?

約 翰： 我 （ 就 ）14 是 。 小 明 ！ 我 （ 昨 天 ）15
Wǒ jiòushì Xiǎomíng Wǒ zuótiān
（ 從 ）16 （ 美 國 ）17 （ 來 ）18 到 臺 灣 。
cóng Měiguó lái dào Táiwān
John speaking. Xiaoming! I just came to Taiwan from U.S.A. yesterday.

小明： （ 歡 迎 ）19 你 來 臺 灣 。
Huānyíng nǐ lái Táiwān
Welcome to Taiwan.

約 翰： 我 來 臺 灣 （ 學 ）20 （ 中 文 ）21。
Wǒ lái Táiwān xué Zhōngwén
I came here to learn Chinese.

小明：（老師）22（怎麼樣）23？
Lǎoshī　　　zěnmeyàng

How about the teacher?

約翰：老師（不錯）24，可是中文很（難）25。
Lǎoshī　búcuò　　　kěshì Zhōngwén hěn　nán

The teacher is not too bad, but Chinese is difficult.

小明：（別）26（擔心）27，（慢慢兒地）28學。
Bié　　dānxīn　　　mànmànrde　　xué

你要不要（出去）29（玩兒）30？
Nǐ yào buyào　chūqù　　wánr

Don't worry. Learn it gradually. Would you like to go out?

約翰：（學校）31會（帶）32我們出去玩兒。
Xuéxiào　huì　dài　wǒmen chūqù wánr

The school faculty will take us out.

小明：我請你吃飯，好不好？
Wǒ qíng nǐ　chīfàn　hǎo bùhǎo

I invite you for meal, OK?

約翰：好！謝謝你。
Hǎo　Xièxie　nǐ

OK! Thank you!

小明：（不客氣）33，再見！
Búkèqì　　　zàijiàn

You're welcome. Bye-bye.

約翰 ： 再 見 ！
　　　Zàijiàn
　　　Bye-bye.

● （ 小 明 打 電 話 ：22183252 ）
　　Xiǎomíng dǎ diànhuà
　　(Xiaoming makes a phone call:22183252)

小 明 ： 喂 ！ 我 請 你 吃 飯 。
　　　Wèi　　Wǒqǐng nǐ　chīfàn
　　　Hello! I invite you for meal.

（ 兇 ）34（ 女 人 ）35： 吃 什 麼 飯 ？ 你 打 （ 錯 ）36
　　　　　　　　　　　chī　shénme　fàn　Nǐ　dǎ　　cuò
（ 了 ）37。
　　le
　　　What meal? You have the wrong number.

小 明 ： 哎 呀 ！（ 對 不 起 ）38。
　　　Āiya　　　　Duìbùqǐ
　　　OH! I'm sorry.

## VOCABULARY

詞彙
cíhuì

| | | |
|---|---|---|
| 1.打電話 | VO:to make a phone call | dǎdiànhuà |
| 電話 | N:a telephone, a phone call | diànhuà |
| 2.媽媽 | N:mother | māma |
| 3.喂 | P:a common telephone or intercom greeting " hello" | wèi |
| 4.約翰 | N:a name "John" | Yuēhàn |
| 5.請問 | Excuse me, may I ask? | qǐngwèn |
| 6.小明 | N:a name | Xiǎomíng |
| 7.他 | Pron:he, him; she, her | tā |
| 8.哪一位 | Which one? | nǎ yí wèi |
| 哪 | QW:which | nǎ |
| 位 | M:polite measure word for people | wèi |
| 9.要 | V:AV: to want | yào |
| 10.留話 | VO:to leave a message | lióuhuà |
| 11.號碼 | N:number | hàomǎ |

| 12.回電 | VO:call back | huídiàn |
|---|---|---|
| 13.您 | Pron:you (polite usage) | nín |
| 14.就 | Adv:just, exactly, only<br>Adv:then, right away<br>Adv:(indicating immediacy) | jiòu |
| 15.昨天 | TW:yesterday | zuótiān |
| 16.從 | Prep:from | cóng |
| 17.美國 | N:U.S.A. | Měiguó |
| 18.來 | V:to come | lái |
| 19.歡迎 | V:to welcome | huānyíng |
| 20.學 | V:to study | xué |
| 21.中文 | N:Chinese language | Zhōngwén |
| 22.老師 | N:teacher | lǎoshī |
| 23.怎麼樣 | IE:How about...? How is everything? | zěnmeyàng |
| 24.不錯 | Adj:pretty good | búcuò |
| 25.難 | Adj:difficult | nán |
| 26.別 | Adv:don't | bié |

| 27.擔心 | V:to worry | dānxīn |
|---|---|---|
| 28.慢慢兒地 | Adv:gradually, by and by<br>Adv:slowly, leisurely, patiently | mànmànrde |
| 29.出去 | V:to go out, to leave | chūqù |
| 30.玩兒 | V:to play, to enjoy | wánr |
| 31.學校 | N:school | xuéxiào |
| 32.帶 | V:to bring | dài |
| 33.不客氣 | IE:You're welcome. | búkèqì |
| 34.兇 | Adj:mean, bad tempered | xiōng |
| 35.女人 | N:woman | nǚrén |
| 36.錯 | Adj:wrong<br>N:mistake | cuò |
| 37.了 | P:indicates excessiveness, completion of action, change of state, and imminent action<br>P:It indicates the completion of the action, it can sometimes be translated as past tense in English. | le |
| 38.對不起 | IE:I'm sorry. Excuse me. | duìbùqǐ |

## SYNTAX PRACTICE

句法練習
jùfǎ liànxí

**1**

| S | V（是） | N 的/PN 的 | O |
|---|---|---|---|
| 我 | 是 | 他的 | 朋 友。 |
| Wǒ | shì | tā de | péngyǒu |
| I | am | his | friend. |

▶ Practice:

| 她 | 是 | 小 明 的 | 媽 媽。 |
|---|---|---|---|
| Tā | shì | Xiǎomíng de | māma |
| She | is | Xiaoming's | mother. |

| 張 先 生 | 是 | 約 翰 的 | 老 師。 |
|---|---|---|---|
| Zhāng xiānsheng | shì | Yuēhàn de | lǎoshī |
| Mr. Zhang | is | John's | teacher. |

| （    ） | 是 | （    ）的 | （    ）。 |
|---|---|---|---|
|  | shì |  de |  |

**2** 從　　　　N、N（PW）　　　　來到　　　　N、N（PW）

| 從 | 美　國 | 來到 | 臺　灣 |
|---|---|---|---|
| cóng | Měiguó | lái dào | Táiwān |
| From | U.S.A. | to | Taiwan |

▶ Practice:

| 從 | 公　園 | 來　到 | 夜市 |
|---|---|---|---|
| cóng | gōngyuán | lái dào | yèshì |
| from | park | to | night market |

| 從 | 學　校 | 來　到 | 百　貨　公　司 |
|---|---|---|---|
| cóng | xuéxiào | lái dào | bǎihuògōng sī |
| from | school | to | department store |

| 從 | （　　　） | 來　到 | （　　　）。 |
|---|---|---|---|
| cóng | | lái dào | |

## ACTIVITY

活動
huó dòng

# 角 色 扮 演 ： 打 電 話
jiǎosè  bànyǎn     dǎdiànhuà

Role Play          Making a Phone Call

## SLANG AND PROVERB

俚語、諺語
lǐyǔ　　yànyǔ

● 吃 飯 皇 帝 大
Chīfàn huángdì dà

Eating is the most important thing.

媽 媽 ： 小 明 ！ 快 來 接 你 的 電 話 。
　　　　Xiǎomíng　Kuài lái jiē nǐ de diànhuà

Xiaoming! Come and get your phone call quickly.

小 明 ： 等 一 下 ， 我 在 吃 飯 ， 吃 飯 皇 帝 大 。
　　　　Děngyíxià　　wǒ zài chīfàn　　chīfàn huángdì dà

Wait, I'm eating. Eating is the most important thing.

● 有 其 父 必 有 其 子
Yǒu qí fù bì yǒu qí zi

Like father, like son.

A ： 他 （ 的 ） 爸 爸 打 電 話 沒 有 禮 貌 ， 他 也 一 樣 。
　　Tā　　de　　bàba dǎdianhuà méiyǒu lǐmào　　tā yě yíyàng

His father speaks impolitely on the phone, so does he.

B ： 唉 ！ 有 其 父 必 有 其 子 。
　　Āi　　Yǒu qí fù bì yǒu qí zǐ

Oh! Like father, like son.

## GIVING PRESENT

### 送（禮物）1
#### Sòng lǐwù

約翰： 王 老師！我 想 買 禮物 送 給 朋友。
Wáng lǎoshī Wǒ xiǎng mǎi lǐwù sòng gěi péngyǒu

Ms. Wang! I want to buy presents for my friends.

老師： 你 要 （ 小 心 ）2，有 （ 一 些 ）3 東 西 不 可 以
Nǐ yào xiǎoxīn yǒu yìxiē dōngxī bùkěyǐ

送 人。
sòngrén

You must be careful. Some things are not appropriate as presents.

約翰： 哦！有 什麼 （ 禁忌 ）4 呢？
Ó Yǒu shénme jìnjì ne

OH! What are the taboos?

老師： 你 不 可 以 送 「（ 鐘 ）5」給 別人，（ 因 為 ）6
Nǐ bùkěyǐ sòng zhōng gěi biérén yīnwèi

「 送 鐘 」和 「（ 送 終 ）7」的 （ 發 音 ）8
sòng zhōng hàn sòngzhōng de fāyīn

（ 一 樣 ）9，（ 這 ）10 是 （ 不 禮 貌 的 ）11。
yíyàng zhè shì bùlǐmàode

You can't send "clock" to people, because the pronunciation of "send clock" is the same as "deal with a funeral". It's impolite.

約翰： 臺 灣 很 （ 熱 ）12，可 以 送 別人 （ 手 帕 ）13
Táiwān hěn rè kěyǐ sòng biérén shǒupà

嗎？
ma

It 's hot in Taiwan. May I send handkerchief to others?

老師： 不 可 以 。 送 手帕 是 「 （ 絕交 ）14」 的 意思 。
Bùkéyǐ　　Sòng shǒupà shì　　juéjiāo　　de　yìsī

You may not. Sending handkerchief means "breaking up".

約翰： 朋 友 在 （ 雨天 ）15 要 （ 用 ）16 （ 傘 ）17 ， 送 傘
Péngyǒu zài　　yǔtiān　yào　yòng　　sǎn　　sòng sǎn

好 嗎 ？
hǎo ma

Can I give friends an umbrella in case of rain?

老師： 不 好 ！「 傘 」 和 「 （ 散 ）18」 的 發音 一 樣 ，
Bùhǎo　　Sǎn　hàn　　sǎn　　de　fāyīn yíyàng

這 是 （ 不 吉 利 的 ）19 。
zhè shì　　　bùjílìde

NO. It's inauspicious. Since the pronunciation of "umbrella" is the same as "separation."

約翰： 送 （ 刀 ）20 好 不 好 ？
Sòng　dāo　　hǎo bùhǎo

Is it all right to send a knife?

老師： 不 好 。 這 是 要 和 朋 友 「 （ 一 刀 兩 斷 ）21」
Bùhǎo　　Zhè shì yào hàn péngyǒu　　yìdāo liǎngduàn

的 意 思 。
de　yìsī

No. It means "making a clean break with the friend".

約翰： 真 （ 麻 煩 ）22 ，（ 那 麼 ）23 ， 我 送 朋 友
Zhēn　máfán　　　nàme　　wǒ sòng péngyǒu

什 麼 呢 ？
shénme ne

It's annoying. Well, what should I send?

老師：哈 哈！送（ 美 金 ）24，（ 越 多 越 好 ）25。
　　　Hāha　Sòng　Měijīn　　　　yuèduō　yuèhǎo

HA! HA! Send U.S. dollars. The more the better.

## VOCABULARY

### 詞彙
cíhuì

| | | |
|---|---|---|
| 1. 禮物 | N:present, gift | lǐwù |
| 2. 小心 | Adj:careful | xiǎoxīn |
| 3. 一些 | Nu:some, a few | yìxiē |
| 4. 禁忌 | N:taboo | jìnjì |
| 5. 鐘 | N:clock | zhōng |
| 6. 因為 | MA:because | yīnwèi |
| 7. 送終 | V:to deal with a funeral | sòngzhōng |
| 8. 發音 | N:pronunciation<br>V:pronounce | fāyīn |
| 9. 一樣 | Adj:Adv: be the same, identical | yíyàng |
| 10. 這 | Dem:this | zhè |
| 11. 不禮貌的 | Adj:impolite | bùlǐmàode |
| 禮貌的 | Adj:polite | lǐmàode |
| 12. 熱 | Adj:hot | rè |
| 13. 手帕 | N:handkerchief | shǒupà |

| | | |
|---|---|---|
| 14.絕交 | V:to break up | juéjiāo |
| 15.雨天 | N:a rainy day | yǔtiān |
| 16.用 | V:to use<br>Prep:with | yòng |
| 17.傘 | N:umbrella | sǎn |
| 18.散 | V:to separate | sǎn |
| 19.不吉利的 | Adj:unlucky, inauspicious | bùjílìde |
| 吉利的 | adj:lucky, auspicious | jílìde |
| 20.刀 | N:knife | dāo |
| 21.一刀兩斷 | IE:to make a clean break, to sever at one blow, to be through with | yìdāo liǎngduàn |
| 22.麻煩 | Adj:be annoyed, troublesome<br>V:to bother<br>N:a trouble, an annoyance | máfán |
| 23.那麼 | Adv:well, in that case<br>Adv:like that, in that way | nàme |
| 24.美金 | N:U.S. dollar | Měijīn |
| 25.越多越好 | IE:The more, the better. | yuèduō yuèhǎo |
| 越…越… | Pt:the more...the more... | yuè yuè |

## SYNTAX PRACTICE

句法練習
jùfǎ   liànxí

**1**

| S | 想 | V（買） | O₁ | 送給 | O₂ |
|---|---|---|---|---|---|
| 我 | 想 | 買 | 禮物 | 送 給 | 朋 友。 |
| Wǒ | xiǎng | mǎi | lǐwù | sòng gěi | péngyǒu |
| I | want | to buy | presents | for | friends. |

▶ Practice:

| 約 翰 | 想 | 買 | 水 果 | 送 給 | 媽 媽。 |
|---|---|---|---|---|---|
| Yuēhàn | xiǎng | mǎi | shuǐguǒ | sòng gěi | māma |
| John | wants | to buy | fruits | for | his mother. |

| 他 | 想 | 買 | 花 | 送 給 | 女 朋 友。 |
|---|---|---|---|---|---|
| Tā | xiǎng | mǎi | huā | sòng gěi | nǚpéngyǒu |
| He | wants | to buy | flowers | for | his girlfriend. |

| （ ） | 想 | 買 | （ ） | 送 給 | （ ）。 |
|---|---|---|---|---|---|
| | xiǎng | mǎi | | sòng gěi | |

**2** 越　　Adj　　越　　Adj

| 越 | 多 | 越 | 好 |
|---|---|---|---|
| yuè | duō | yuè | hǎo |
| The | more, | the | better. |

▶ Practice:

| 越 | 老 | 越 | 兇 |
|---|---|---|---|
| yuè | lǎo | yuè | xiōng |
| The | older, | the | worse tempered. |

| 越 | 小 心 | 越 | 緊 張 |
|---|---|---|---|
| yuè | xiǎoxīn | yuè | jǐnzhāng |
| The | more careful, | the | more nervous. |

| 越 | （　） | 越 | （　） |
|---|---|---|---|
| yuè | | yuè | |

## ACTIVITY

活動
huó dòng

# 題目：交換禮物
tí  mù    jiāohuàn  lǐwù

Exchanging Present

## SLANG AND PROVERB

俚語、諺語
lǐyǔ　　yànyǔ

● 人 要 衣 裝 ， 佛 要 金 裝
　Rén yào yī zhuāng　fó yào jīn zhuāng

Clothes make the man.

A： 你 看 我 穿 這 套 西 裝 （ 有 ） 多 帥 呀 ！
　Nǐ kàn wǒ chuān zhè tào xīzhuāng　yǒu　duō shuài ya

Look how handsome I am with this suit on!

B： 嗯 ！ 不 錯 ， 人 要 衣 裝 ， 佛 要 金 裝 。
　En　búcuò　rén yào yī zhuāng　fó yào jīn zhuāng

Hmm! That's right. Clothes make the man.

● 禮 多 人 不 怪
　Lǐ duō rén bùguài

Gifts always make people happy.

先 生 ： 太 太 ！ 情 人 節 、 結 婚 紀 念 日 、 妳 的 生 日 ，
　　　Tàitai　Qíngrénjié　jiéhūn　jìniànrì　　nǐ de shēngrì

我 都 送 妳 禮 物 ， 妳 煩 不 煩 ？
wǒ dōu sòng nǐ　lǐwù　　nǐ fán bùfán

Honey! Would you mind that I give you presents on Valentine's Day, wedding anniversary, and your birthday?

太 太 ： 絕 對 不 會 ， 禮 多 人 不 怪 。
　　　Juéduì　búhuì　　lǐ duō rén búguài

Definitely not. Gifts always make people happy.

Note

*Note*

Note

*Note*

國家圖書館出版品預行編目資料

有趣的華語課／臺中教育大學主編；王增光編撰.
--初版.--臺北市：五南, 2009.04
面；　公分
ISBN 978-957-11-5587-6（平裝）

1.漢語　2.讀本

802.88　　　　　　　　　　98003574

1X1F

# 有趣的華語課

主　　編 ─ 臺中教育大學(447.4)

編　　撰 ─ 王增光

發 行 人 ─ 楊榮川

總 編 輯 ─ 王翠華

主　　編 ─ 黃惠娟

責任編輯 ─ 胡天如　李美貞

封面設計 ─ 童安安

出 版 者 ─ 五南圖書出版股份有限公司

地　　址：106台北市大安區和平東路二段339號4樓

電　　話：(02)2705-5066　傳　　真：(02)2706-6100

網　　址：http://www.wunan.com.tw

電子郵件：wunan@wunan.com.tw

劃撥帳號：01068953

戶　　名：五南圖書出版股份有限公司

台中市駐區辦公室/台中市中區中山路6號

電　　話：(04)2223-0891　傳　　真：(04)2223-3549

高雄市駐區辦公室/高雄市新興區中山一路290號

電　　話：(07)2358-702　傳　　真：(07)2350-236

法律顧問　元貞聯合法律事務所　張澤平律師

出版日期　2009年4月初版一刷
　　　　　2012年7月初版二刷

定　　價　新臺幣220元